Zwerg Nase · Wilhelm Hauff

ZWERG NASE

von W. Hauff

Bearbeitung K. Baumann

mit Bildern von

Friedrich Hechelmann

Deutscher Taschenbuch Verlag

In einer bedeutenden Stadt lebte vor vielen Jahren ein Schuster mit seiner Frau schlicht und recht. Er saß bei Tag an der Ecke der Straße und flickte Schuhe und Pantoffeln, und seine Frau verkaufte Gemüse und Früchte, die sie in einem kleinen Gärtchen vor dem Tore pflanzte. Die beiden hatten einen schönen Knaben, wohlgestaltet und angenehm von Gesicht, und für das Alter von zwölf Jahren schon ziemlich groß. Er hieß Jakob und half gewöhnlich seiner Mutter Gemüse verkaufen.

Eines Tages, als die Frau des Schusters wieder auf dem Platze saß, kam ein altes Weib über den Markt. Es sah etwas zerrissen und zerlumpt aus, hatte ein kleines, spitziges Gesicht, vom Alter ganz eingefurcht, rote Augen und eine spitzige, gebogene Nase, die gegen das Kinn hinabstrebte. „Seid Ihr Hanne, die Gemüsehändlerin ?" fragte das Weib mit unangenehm krächzender Stimme, indem sie beständig den Kopf hin und her schüttelte. „Ja, die bin ich", antwortete die Schustersfrau; „ist Euch etwas gefällig ?" - „Wollen sehen, wollen sehen ! Kräutlein schauen, Kräutlein schauen; ob du hast, was ich brauche ?" sagte die Alte, beugte sich nieder vor den Körben und packte die Kräutlein, die so schön und zierlich ausgebreitet waren, mit ihren langen Spinnenfingern, brachte sie eines um das andere hinauf an die lange Nase und beroch sie hin und her. Dazu murmelte sie: „Schlechtes Zeug, schlechtes Kraut, nichts von allem, was ich will, war viel besser vor fünfzig Jahren; schlechtes Zeug !"

Solche Reden verdrossen nun den kleinen Jakob. „Höre, du bist ein unverschämtes, altes Weib", rief er unmutig, „erst fährst du mit deinen garstigen braunen Fingern in die schönen Kräuter hinein, dann hälst du sie an deine lange Nase, daß sie niemand mehr kaufen mag, und jetzt schimpfst du noch über unsere Ware, wo doch selbst der Koch des Herzogs alles bei uns kauft !"

Das alte Weib schielte den mutigen Knaben an, lachte widerlich und sprach mit heiserer Stimme: „Söhnchen, Söhnchen ! Also gefällt dir meine Nase, meine schöne lange Nase, sollst auch eine haben, mitten im Gesicht bis übers Kinn herab." Während sie so sprach, rutschte sie an den anderen Korb, in welchem Kohl ausgelegt war. Sie nahm die herrlichsten, weißen Kohlhäupter in die Hand, drückte sie zusammen, daß sie ächzten, warf sie dann wieder unordentlich in den Korb und sprach auch hier: „Schlechte Ware, schlechter Kohl!"

„Wackle nur nicht so garstig mit dem Kopf", rief der Kleine ängstlich, „dein Hals ist ja so dünn wie ein Kohlstengel, der könnte leicht abbrechen, und dann fiele dein Kopf hinein in den Korb; wer wollte da noch kaufen!" – „Gefallen sie dir nicht, die dünnen Hälse?" murmelte die Alte lachend. „Sollst gar keinen haben, Kopf muß in den Schultern stekken, daß er nicht herabfällt vom kleinen Körperlein." Die Alte kaufte nun sechs Kohlhäupter und verlangte, daß Jakob ihr die Ware nach Hause trage, denn sie ging an einem langen Stock.

So sehr es Jakob graute, mitzugehen, die Mutter befahl es ihm, weil sie der alten schwächlichen Frau die Last doch nicht allein aufbürden wollte, und der Kleine folgte der Alten, bis sie endlich zu einem baufälligen Haus in einem entlegenen Stadtteil kamen.

„Muß dir nun auch etwas geben zum Lohn, daß du so artig bist", murmelte die Alte, „gedulde dich nur ein Weilchen, will dir ein Süppchen einbrocken, an das du dein Leben lang denken wirst." Mit einem alten, rostigen Haken schloß sie die Tür auf, ging in die Küche, die prachtvoll ausgestattet war, und pfiff gellend. Da kamen viele Meerschweinchen in menschlichen Kleidern und Eichhörnchen mit grünen Mützen von Samt; sie kletterten eilig an den Wänden hinauf, brachten der Alten Pfanne und Schüsseln, Eier und Butter, Kräuter und Mehl, und die Alte kochte am Herd bis die Suppe fertig war. „So, Söhnchen, iß", sprach sie, „dann hast du alles, was dir an mir so gefallen. Sollst auch ein geschickter Koch werden, daß du doch etwas bist, aber Kräutlein, nein, das Kräutlein sollst du nimmer finden, warum hat es deine Mutter nicht in ihrem Korb gehabt ?"

Der Kleine verstand nicht recht, was sie sprach, desto aufmerksamer behandelte er die Suppe, die ihm ganz trefflich schmeckte. Seine Mutter hatte ihm manche schmackhafte Speise bereitet, aber so gut war ihm noch nichts geworden. Der Duft von feinen Kräutern und Gewürzen stieg aus der Suppe auf, dabei war sie süß und säuerlich zugleich und sehr stark. Während er noch die letzten Tropfen der köstlichen Speise austrank, zündeten die Meerschweinchen arabischen Weihrauch an, der in bläulichen Wolken durch das Zimmer schwebte; dichter und immer dichter wurden diese Wolken und sanken herab, der Geruch des Weihrauches wirkte betäubend auf den Kleinen, er mochte sich zurufen, sooft er wollte, daß er zu seiner Mutter zurückkehren müße; wenn er sich ermannte, sank er immer wieder von neuem in den Schlummer zurück, und schlief endlich wirklich auf dem Sofa des alten Weibes ein.

Sonderbare Träume kamen über ihn. Es war ihm, als ziehe ihm die Alte seine Kleider aus und umhülle ihn dafür mit einem Eichhörnchenbalg. Jetzt konnte er Sprünge machen und klettern wie ein Eichhörnchen; er ging mit den übrigen Eichhörnchen und Meerschweinchen um, die sehr artige, gesittete Leute waren, und hatte mit ihnen den Dienst bei der alten Frau. Er träumte, daß er sieben Jahre lang den Dienst versah, zuerst als Schuhputzer, als Wasserträger, als Reinemacher, dann als Küchenjunge und schließlich als erster Pastetenmacher. Er erreichte eine so ungeheure Geschicklichkeit und Erfahrung in allem, was die Küche betrifft, daß er sich oft selbst wundern mußte.

Eines Tages aber, als die Alte ausgegangen war und ihm befohlen hatte, ein Hühnchen zu rupfen und mit Kräutern zu füllen, entdeckte Jakob in der Kräuterkammer ein Wandschränkchen, dessen Tür halb geöffnet war und das er sonst nie bemerkt hatte. Er fand Kräutlein darin von ganz besonderer Gestalt und Farbe, die denselben starken Geruch ausströmten, von dem einst jene Suppe, die ihm die Alte gekocht, geduftet hatte. Aber so stark war der Geruch, daß er zu niesen anfing, immer heftiger niesen mußte und - am Ende niesend erwachte. Er fand sich auf dem Sofa des alten Weibes liegen und blickte verwundert umher. „Nein, wie man aber so lebhaft träumen kann", sprach er zu sich und machte sich auf zu seiner Mutter.

Es war ein ziemlich entlegener Teil der Stadt, wohin ihn die Alte geführt hatte, und er konnte sich kaum aus den engen Gassen herausfinden, auch war dort ein großes Gedränge; denn es mußte sich, wie ihn dünkte, gerade in der Nähe ein Zwerg sehen lassen; überall hörte er rufen: „Ei, sehet den häßlichen Zwerg! Wo kommt der Zwerg her? Ei, was hat er doch für eine lange Nase, und wie ihm der Kopf in den Schultern steckt, und die braunen, häßlichen Hände!" Zu einer andern Zeit wäre er wohl auch nachgelaufen, denn er sah für sein Leben gern Riesen oder Zwerge, oder seltsame fremde Trachten, aber so mußte er sich sputen, um zur Mutter zu kommen.

Es war ihm ganz ängstlich zumut, als er auf den Markt kam. Die Mutter saß noch da und hatte noch ziemlich viele Früchte im Korb, lange konnte er also nicht geschlafen haben, aber doch kam es ihm von weitem schon vor, als sei sie sehr traurig; und als er sie ansprach, fuhr sie mit einem Schrei des Entsetzens zurück: „Was willst du von mir, häßlicher Zwerg!" rief sie, „geh deines Weges!" Auch der Vater, der in seiner Bude den Tag über Schuhe flickte, erkannte ihn nicht. Als Jakob hörte, daß den Leutchen vor sieben Jahren ihr Sohn vom Markt weg gestohlen worden war, dämmerte ihm, daß er nicht geträumt hatte, sondern daß er sieben Jahre bei der bösen Fee als Eichhörnchen gedient hatte und nun als häßlicher Zwerg vor seinen Eltern stand. Er versuchte, sich ihnen zu erkennen zu geben, und erzählte ihnen von der Fee und dem bösen Zauber, aber die Eltern glaubten ihm nicht. Sie meinten, daß er ihres Unglücks spotten wolle, und jagten ihn fort.

„So?" rief der Schuster im Zorn, „bezaubert bist du worden, mein Söhnchen' Warte doch, ich will dich wieder entzaubern." Dabei nahm er ein Bündel Rie men, die er eben zugeschnitten hatte, sprang auf den Kleinen zu und schlu ihn auf den hohen Rücken und auf die langen Arme, daß der Kleine vc Schmerz aufschrie und weinend davonlief.

SCHUSTERMEISTER
SCHLEISERMANN
SCHUSTEREI

In jener Stadt gab es, wie überall, wenig mitleidige Seelen, die sich eines Unglücklichen, der zugleich etwas Lächerliches an sich trägt, angenommen hätten. Daher kam es, daß der unglückliche Zwerg den ganzen Tag ohne Speise und Trank blieb. Er ging sehr niedergeschlagen zu Urban, dem Barbier, den er noch aus früheren Zeiten wohl kannte, und bat ihn, ein wenig in den Spiegel schauen zu dürfen. „Mit Vergnügen, dort steht er", rief der Barbier lachend, und seine Kunden lachten weidlich mit. Der Kleine aber war vor den Spiegel getreten und hatte sich beschaut. Tränen traten ihm in die Augen. „Ja, so konntest du freilich deinen Jakob nicht wiedererkennen, liebe Mutter", sprach er zu sich, „so war er nicht anzuschauen in den Tagen der Freude." Seine Augen waren klein geworden, wie die der Schweine, seine Nase war ungeheuer und hing über Mund und Kinn herunter, der Hals schien gänzlich weggenommen zu sein, denn der Kopf stak tief in den Schultern und war nur mit Mühe zu bewegen; sein Körper war noch so groß als vor sieben Jahren, da er zwölf Jahre alt war, aber wenn andere vom zwölften bis ins zwanzigste in die Höhe wachsen, so wuchs er in die Breite, der Rücken und die Brust waren weit ausgebogen und anzusehen wie ein kleiner, aber sehr dick gefüllter Sack auf kurzen, schwachen Beinchen, die dieser Last nicht gewachsen schienen. Alles, was er damals an der Alten getadelt hatte, die lange Nase, die häßlichen Finger, alles hatte sie ihm angetan, und nur den langen, zitternden Hals hatte sie gänzlich weggelassen.

Traurig verließ der Kleine die Baderstube, und als es Abend wurde, wählte er die Treppen einer Kirche, so hart und kalt sie waren, zum Nachtlager. Er dachte ernstlich darüber nach, wie er sein Leben fristen könne, da ihn Vater und Mutter verstoßen. Da fiel ihm mit einemmal ein, daß er als Eichhörnchen große Fortschritte in der Kochkunst gemacht hatte; er glaubte nicht mit Unrecht, hoffen zu dürfen, daß er es mit manchem Koch aufnehmen könne, und beschloß, seine Kunst zu benützen.

Anderntags begab sich der Kleine zum herzoglichen Palast, denn der Herzog war ein bekannter Schlemmer und Lecker, der eine gute Tafel liebte und seine Köche in allen Weltteilen aussuchte. Als der Zwerg an die äußerste Pforte kam, fragten die Türhüter nach seinem Begehr und hatten ihren Spott mit ihm; er aber verlangte nach dem Oberküchenmeister.

Sie lachten und führten ihn durch die Vorhöfe, und wo er hinkam, blieben die Diener stehen, schauten nach ihm, lachten weidlich und schlossen sich an, so daß nach und nach ein ungeheurer Zug von Dienern sich die Treppe des Palastes hinaufbewegte. Es war ein Gewühl, als sei der Feind vor den Toren, und das Geschrei: „Ein Zwerg! Ein Zwerg! Habt ihr den Zwerg gesehen!" füllte die Luft.

Der Oberküchenmeister zwang sich mit Mühe, nicht laut aufzulachen, als er des Kleinen ansichtig wurde; denn er fürchtete, durch Lachen seiner Würde zu schaden. Er trieb daher die übrigen hinweg. Als er hörte, daß der Zwerg eine Anstellung als Koch wollte, sagte er: „Jeder nach seinem Willen, kleiner Mann; aber du bist doch ein unbesonnener Junge. In die Küche! Als Leibzwerg des Herzogs hättest du keine Arbeit gehabt und Essen und Trinken nach Herzenslust, und schöne Kleider. Doch wir wollen sehen, deine Kunst wird schwerlich so weit reichen als ein Mundkoch des Herrn nötig hat, und zum Küchenjungen bist du zu gut." Der Zwerg aber ließ sich nicht aus der Fassung bringen. Er verlangte, eine Probe seiner Kunst ablegen zu dürfen.

Der Küchenmeister führte den Kleinen durch mehrere Säle und Gänge, und endlich kamen sie in die Küche. Es war dies ein großes, weitläufiges Gebäude, herrlich eingerichtet; auf zwanzig Herden brannten beständig Feuer, ein klares Wasser, das zugleich zum Fischbehälter diente, floß mitten hindurch.

„Was hat der Herr heute zum Frühstück befohlen?" fragte der Meister den ersten Frühstückmacher.

„Herr! Die dänische Suppe hat er geruht zu befehlen, und rote Hamburger Klößchen."

„Gut", sprach der Küchenmeister zum Kleinen. „Getraust du dich, diese schwierigen Speisen zu bereiten? Die Klößchen bringst du auf keinen Fall heraus, das ist ein Geheimnis."

„Nichts leichter als dies", erwiderte zu allgemeinem Erstaunen der Zwerg, „zu den Klößchen brauche ich viererlei Fleisch, etwas Wein, Entenschmalz, Ingwer und -" fügte er leise hinzu, daß es nur der Küchenmeister und der Frühstückmacher hören konnten, „ein gewisses Kraut, das man Magentrost heißt." „Ha! Bei St. Benedikt!" rief der Koch mit Staunen. „Alles bis auf ein Haar hat er gesagt, und das Kräutlein Magentrost haben wir selbst nicht gewußt; ja, das muß es noch angenehmer machen." Man tat, wie der Zwerg befohlen, und rüstete alles auf dem Herde zu; aber da fand es sich, daß der Zwerg kaum mit der Nase bis an den Herd reichen konnte. Man setzte daher ein paar Stühle zusammen, legte eine Marmorplatte darüber, und der kleine Wundermann bereitete das Gericht zu.

Als er mit der Zubereitung fertig war, befahl er, beide Schüsseln ans Feuer zu setzen und genau so lange kochen zu lassen, bis er rufen werde; dann fing er an zu zählen eins, zwei, drei, und so fort, und gerade, als er fünfhundert gezählt hatte, rief er „Halt!“ Die Töpfe wurden weggesetzt, und der Kleine lud den Küchenmeister ein, zu kosten.
Der Mundkoch ließ sich von einem Küchenjungen einen goldenen Löffel reichen, spülte ihn im Bach und überreichte ihn dem Oberküchenmeister; dieser trat mit feierlicher Miene an den Herd, nahm von den Speisen, kostete, drückte die Augen zu, schnalzte vor Vergnügen mit der Zunge und sprach dann: „Köstlich, bei des Herzogs Leben, köstlich! Wollt Ihr nicht auch ein Löffelein zu Euch nehmen, Aufseher des Palastes?“ Dieser verbeugte sich, nahm den Löffel, versuchte, und war vor Vergnügen und Lust außer sich. „Eure Kunst in Ehren, lieber Frühstückmacher, Ihr seid ein erfahrener Koch, aber so herrlich habt Ihr weder die Suppe noch die Hamburger Klöße machen können!“ Auch der Koch versuchte jetzt, schüttelte dann dem Zwerg ehrfurchtsvoll die Hand und sagte: „Kleiner! du bist Meister in der Kunst, ja das Kräutlein Magentrost, das gibt allem einen ganz eigenen Reiz.“
In diesem Augenblick kam der Kammerdiener des Herzogs in die Küche und berichtete, daß der Herr das Frühstück verlange. Die Speisen wurden nun auf silberne Platten gelegt und dem Herzog zugeschickt; der Oberküchenmeister aber nahm den Kleinen in sein Zimmer und unterhielt sich mit ihm. Kaum waren sie aber halb so lange da, als man ein Paternoster spricht, so kam schon ein Bote und rief den Oberküchenmeister zum Herrn. Er kleidete sich schnell in sein Festkleid und folgte dem Boten.
Der Herzog sah sehr vergnügt aus. Er hatte alles aufgezehrt, was auf den silbernen Platten gewesen war, und wischte sich eben den Bart ab, als der Oberküchenmeister zu ihm eintrat. „Höre Küchenmeister“, sprach er, „ich bin mit deinen Köchen bisher immer sehr zufrieden gewesen; aber sage mir, wer hat heute mein Frühstück bereitet? So köstlich war es nie, seit ich auf dem Thron meiner Väter sitze; sage an, wie er heißt, der Koch, daß wir ihm einige Dukaten zum Geschenk schicken.“
„Herr! Das ist eine wunderbare Geschichte“, antwortete der Oberküchenmeister und erzählte, wie man ihm heute frühe einen Zwerg gebracht, der durchaus Koch werden wollte, und wie sich dies alles begeben.

Der Herzog verwunderte sich höchlich, ließ den Zwerg vor sich rufen und fragte ihn aus, wer er sei und woher er komme. Da konnte nun der arme Jakob freilich nicht sagen, daß er verzaubert worden sei und früher als Eichhörnchen gedient habe; doch blieb er bei der Wahrheit, indem er erzählte, er sei jetzt ohne Vater und Mutter und habe bei einer alten Frau kochen gelernt. Der Herzog fragte nicht weiter, sondern ergötzte sich an der sonderbaren Gestalt seines neuen Koches.

„Willst du bei mir bleiben", sprach der Herzog, „so will ich dir jährlich fünfzig Dukaten, ein Festkleid und noch überdies zwei Paar Beinkleider reichen lassen. Dafür mußt du aber täglich mein Frühstück selbst bereiten, mußt angeben, wie das Mittagessen gemacht werden soll, und überhaupt dich meiner Küche annehmen. Da jeder in meinem Palast seinen eigenen Namen von mir empfängt, so sollst du Nase heißen und die Würde eines Unterküchenmeisters bekleiden."

Der Zwerg Nase fiel nieder vor dem mächtigen Herzog, küßte ihm die Füße und versprach, ihm treu zu dienen.

So war nun der Kleine fürs erste versorgt, und er machte seinem Amt Ehre; denn man kann sagen, daß der Herzog ein ganz anderer Mann war, während der Zwerg Nase sich in seinem Hause aufhielt. Sonst hatte es ihm oft beliebt, die Schüsseln oder Platten, die man ihm auftrug, den Köchen an den Kopf zu werfen; ja, dem Oberküchenmeister selbst warf er im Zorn einmal einen gebackenen Kalbsfuß, der nicht weich genug geworden war, so heftig an die Stirne, daß er umfiel und drei Tage zu Bette liegen mußte. Der Herzog machte zwar, was er im Zorn getan, durch einige Hände voll Dukaten wieder gut, aber dennoch war nie ein Koch ohne Zittern und Zagen mit den Speisen zu ihm gekommen. Seit der Zwerg im Hause war, schien alles wie durch Zauber umgewandelt; der Herr aß jetzt statt dreimal des Tages fünfmal, um sich an der Kunst seines kleinsten Dieners recht zu laben, und dennoch verzog er nie eine Miene zum Unmut; nein, er fand alles neu, trefflich, war leutselig und angenehm und wurde von Tag zu Tag fetter. Oft ließ er mitten unter der Tafel den Küchenmeister und den Zwerg Nase rufen, setzte den einen rechts, den andern links zu sich, und schob ihnen mit seinen Fingern einige Bissen der köstlichen Speisen in den Mund, eine Gnade, welche sie beide wohl zu schätzen wußten.

Der Zwerg war das Wunder der Stadt. Man erbat sich flehentlich Erlaubnis vom Oberküchenmeister, den Zwerg kochen zu sehen, und einige der vornehmsten Männer hatten es so weit gebracht beim Herzog, daß ihre Diener in der Küche beim Zwerg Unterrichtsstunden genießen durften, was nicht wenig Geld eintrug; denn jeder zahlte täglich einen halben Dukaten. Und um die übrigen Köche bei guter Laune zu erhalten und sie nicht neidisch auf ihn zu machen, überließ ihnen Nase dieses Geld, das die Herren für den Unterricht ihrer Köche zahlen mußten.

So lebte Nase beinahe zwei Jahre in äußerlichem Wohlleben und Ehre, und nur der Gedanke an seine Eltern betrübte ihn; so lebte er, ohne etwas Merkwürdiges zu erfahren, bis sich folgender Vorfall ereignete.

Der Zwerg war besonders geschickt und glücklich in seinen Einkäufen und ging daher, sooft es ihm die Zeit erlaubte, immer selbst auf den Markt. Eines Morgens ging er auch auf den Gänsemarkt und forschte nach schweren fetten Gänsen, wie sie der Herr liebte. Seine Gestalt, weit entfernt, hier Lachen und Spott zu erregen, gebot Ehrfurcht; denn man erkannte ihn als den berühmten Mundkoch des Herzogs, und jede Gänsefrau fühlte sich glücklich, wenn er ihr die Nase zuwandte.

Der Kleine fand auf dem Markt drei Gänse, die nach seinem Wunsch waren, und trat mit ihnen den Rückweg an. Da kam es ihm sonderbar vor, daß nur zwei von diesen Gänsen schnatterten, die dritte aber ganz still und in sich gekehrt dasaß und seufzte wie ein Mensch.

„Die ist halb krank", sprach er vor sich hin, „ich muß eilen, daß ich sie umbringe und zurichte." Aber die Gans antwortete ganz deutlich und laut:
„Stichst du mich, so beiß ich dich; drückst du mir die Kehle ab, bring ich dich ins frühe Grab."
Ganz erschrocken setzte der Zwerg seinen Käfig nieder, und die Gans sah ihn mit schönen, klugen Augen an und seufzte. „Ei der Tausend!" rief Nase. „Sie kann sprechen, Jungfer Gans? Das hätte ich nicht gedacht. Aber ich wollte wetten, Sie ist nicht von jeher in diesen Federn gewesen; war ich ja selbst einmal ein schnödes Eichhörnchen." - „Du hast recht", erwiderte die Gans, „wenn du sagst, ich sei nicht in dieser schmachvollen Hülle geboren worden. Ach, an meiner Wiege wurde es mir nicht gesungen, daß Mimi, des großen Wetterbocks Tochter, in der Küche eines Herzogs getötet werden soll!"
„Sei Sie doch ruhig, liebe Jungfer Mimi", tröstete der Zwerg. „So wahr ich ein ehrlicher Kerl und Unterküchenmeister Seiner Durchlaucht bin, es soll Ihr keiner an die Kehle." Und der Kleine trug die Gans in den Palast auf seine Kammer, wo er ihr einen eigenen Stall baute unter dem Vorwande, sie für den Herzog ganz besonders zuzurichten. Sooft er freie Zeit hatte, ging er hin, sich mit ihr zu unterhalten und sie zu trösten. Sie erzählten sich auch gegenseitig ihre Geschichten, und Nase erfuhr, daß die Gans eine Tochter des Zauberers Wetterbock sei, der auf der Insel Gotland lebe. Er sei in Streit geraten mit einer alten Fee, die ihn durch Ränke und List überwunden und sie zur Rache in eine Gans verwandelt und weit hinweg bis hierher gebracht habe. Als der Zwerg Nase ihr seine Geschichte ebenfalls erzählt hatte, sprach sie: „Ich bin nicht unerfahren in diesen Sachen. Deine Verwandlung, als du an jenem Kräutlein rochst, beweist mir, daß du auf Kräuter bezaubert bist, das heißt: wenn du das Kraut auffindest, das sich die Fee bei deiner Verzauberung gedacht hat, so kannst du erlöst werden." Es war dies ein geringer Trost für den Kleinen; denn wo sollte er das Kraut auffinden? Doch dankte er ihr und schöpfte einige Hoffnung.

Um diese Zeit bekam der Herzog Besuch von einem benachbarten Fürsten, seinem Freund. Er ließ daher seinen Zwerg Nase vor sich kommen und sprach zu ihm: „Jetzt ist die Zeit gekommen, wo du zeigen mußt, ob du mir treu dienst und Meister deiner Kunst bist. Dieser Fürst, der bei mir zu Besuch ist, speist bekanntlich, außer mir, am besten und ist ein großer Kenner einer feinen Küche und ein weiser Mann. Sorge nun dafür, daß meine Tafel täglich also besorgt werde, daß er immer mehr in Erstaunen gerät."

„Dabei darfst du, bei meiner Ungnade, solange er da ist, keine Speise zweimal bringen. Dafür kannst du dir von meinem Schatzmeister alles reichen lassen, was du nur brauchst; und wenn du Gold und Diamanten in Schmalz backen mußt, so tu es; ich will lieber ein armer Mann werden, als erröten vor ihm."
So sprach der Herzog; der Zwerg aber sagte, indem er sich anständig verbeugte: „Es sei, wie du sagst, o Herr! So es Gott gefällt, werde ich alles so machen, daß es diesem Fürsten der Gutschmecker wohlgefällt." Der kleine Koch suchte nun seine ganze Kunst hervor. Er schonte die Schätze seines Herrn nicht, noch weniger aber sich selbst; denn man sah ihn den ganzen Tag in eine Wolke von Rauch und Feuer eingehüllt, und seine Stimme hallte beständig durch das Gewölbe der Küche; denn er befahl als Herrscher den Küchenjungen und niederen Köchen. Der fremde Fürst war schon vierzehn Tage bei dem Herzog und lebte herrlich und in Freuden. Sie speisten des Tages nicht weniger als fünfmal, und der Herzog war zufrieden mit der Kunst des Zwerges; denn er sah Zufriedenheit auf der Stirne seines Gastes. Am fünfzehnten Tag aber begab es sich, daß der Herzog den Zwerg zur Tafel rufen ließ, ihn seinem Gast, dem Fürsten, vorstellte und diesen fragte, wie er mit dem Zwerg zufrieden sei.
„Du bist ein wunderbarer Koch", antwortete der fremde Fürst, „und weißt, was anständig essen heißt. Du hast in der ganzen Zeit, daß ich hier bin, nicht eine einzige Speise wiederholt und alles trefflich bereitet; aber sage mir doch, warum bringst du so lange nicht die Königin der Speisen, die Pastete Souzeraine?"
Der Zwerg erschrak, denn er hatte von dieser Pastetenkönigin nie gehört, aber er versprach, sie am anderen Tag auf die Tafel zu setzen, und ging betrübt in seine Kammer. Die Gans Mimi aber tröstete ihn und sagte: „Dieses Gericht kam oft auf meines Vaters Tisch, und ich weiß ungefähr, was man dazu braucht, und wenn es auch nicht durchaus alles ist, was eigentlich nötig; die Herren werden keinen so feinen Geschmack haben." Der Zwerg freute sich und schickte sich an, die Königin der Pasteten zuzurichten. Der Herzog, als er einen tüchtigen Bissen hineingetan hatte, schlug die Augen auf zur Decke und sprach: „Ah! ah! ah! Mit Recht nennt man dies die Königin der Pasteten, aber mein Zwerg ist auch der König aller Köche, nicht also, lieber Freund?" Der Gast nahm nur einige kleine Bissen zu sich, lächelte dabei argwöhnisch und sagte: „Das Ding ist recht artig gemacht, aber die Souzeraine ist es denn doch nicht ganz. Das habe ich mir schon gestern gedacht, daß du diese Speise nicht machen kannst wie mein Koch. Wisse, es fehlt ein Kräutlein, das man hierzulande gar nicht kennt, das Kraut Niesmitlust."

Da geriet der Herzog in Wut. „Entweder zeige ich Euch morgen die Pastete, wie Ihr sie verlangt, oder - den Kopf dieses Burschen aufgespießt auf dem Tor des Palastes. Gehe, du Hund, noch einmal geb ich dir vierundzwanzig Stunden Zeit."

Der Zwerg ging weinend in sein Kämmerlein und klagte der Gans sein Schicksal. Die Gans antwortete: „Wohl wärest du vielleicht zu einer anderen Zeit des Todes gewesen, aber glücklicherweise ist gerade Vollmond, und um diese Zeit blüht das Kräutlein unter alten Kastanienbäumen." Und sie suchten im Park, bis sie das Kraut fanden. Der Zwerg betrachtete das Kraut sinnend; ein süßer Duft strömte ihm daraus entgegen, der ihn unwillkürlich an seine Verwandlung erinnerte.

„Gelobt sei Gott!" rief der Zwerg Nase endlich aus; „welches Wunder! Wisse, ich glaube, es ist dasselbe Kraut, das mich in diese schändliche Gestalt verwandelte; soll ich den Versuch machen?"

„Noch nicht", bat die Gans. „Nimm von diesem Kraut eine Handvoll mit dir, laß uns auf dein Zimmer gehen und dein Geld und was du sonst hast zusammenraffen, und dann wollen wir die Kraft des Krautes versuchen."

Sie taten also und gingen auf seine Kammer zurück und rafften alles zusammen. Darauf steckte der Zwerg seine Nase tief in die Kräuter und sog den Duft ein. Da zog und knackte es in seinen Gliedern, er fühlte, wie sich sein Kopf aus den Schultern hob, er schielte herab auf seine Nase und sah sie kleiner und kleiner werden, sein Rücken und seine Brust fingen an sich zu ebnen, und seine Beine wurden länger. Die Gans sah mit Erstaunen diesem allem zu. „Ha! Was du groß, was du schön bist!" rief sie, „Gott sei gedankt, es ist nichts mehr an dir von allem, wie du vorher warst!"

Da freute sich Jakob sehr, aber seine Freude ließ ihn nicht vergessen, welchen Dank er der Gans Mimi schuldig sei; zwar drängte ihn sein Herz, zu seinen Eltern zu gehen, doch besiegte er diesen Wunsch und sprach: „Wem anders als dir habe ich es zu danken, daß ich mir selbst wiedergeschenkt bin? Ohne dich hätte ich dieses Kraut nimmer gefunden, hätte also ewig in jener Gestalt bleiben oder vielleicht gar unter dem Beil des Henkers sterben müssen. Wohlan, ich will es dir vergelten. Ich will dich zu deinem Vater bringen; er, der so erfahren ist in jedem Zauber, wird dich leicht entzaubern können!" Und unerkannt von den Torhütern, die den Befehl hatten, den Zwerg Nase nicht aus dem Palast zu lassen, kam Jakob mit der Gans ins Freie und trat die Reise nach Gotland an. Wetterbock entzauberte seine Tochter mühelos und belud Jakob mit vielen Geschenken. Und als er in die Vaterstadt zurückkam, erkannten seine Eltern mit Vergnügen ihren verlorenen Sohn.

Mimi vergoß Freudentränen, und Jakob kaufte sich mit den Dukaten des Herzogs und den Geschenken Wetterbocks einen Laden und wurde reich und glücklich dabei.

Und die beiden hatten viele Kinder zusammen; die waren sanft, wohlgestaltet und von angenehmem Gesicht.

Dem Dichter Wilhelm Hauff war nur ein kurzes Erdendasein beschieden. Er lebte von 1802 bis 1827. In dieser kurzen Lebensspanne hinterließ er uns viele schöne Märchen wie ›Das kalte Herz‹, ›Kalif Storch‹, ›Das Wirtshaus im Spessart‹, die ›Phantasien im Bremer Ratskeller‹ und den geschichtlichen Heimatroman ›Lichtenstein‹.
Einige seiner Gedichte waren so beliebt, daß sie vertont wurden und als Volkslieder weite Verbreitung fanden.

Friedrich Hechelmann wurde 1948 in Isny/Allgäu geboren. Er studierte in Wien Malerei und Graphik. Seine Arbeiten wurden in Deutschland, Österreich, Italien und der Schweiz ausgestellt. 1972 erhielt der Künstler den Preis der Wiener Akademie. Seinen ersten Film für den Süddeutschen Rundfunk stellte er 1976 fertig.
Weitere Buchillustrationen hat Friedrich Hechelmann zu ›Vier Andersen Märchen‹ und ›Das Riesenspielzeug‹ geschaffen.

Ungekürzte Ausgabe
November 1978
Deutscher Taschenbuch Verlag GmbH & Co. KG, München

ISBN 3-85825-045-7
Umschlaggestaltung: Celestino Piatti
unter Verwendung eines Bildes von Friedrich Hechelmann
Gesamtherstellung: Kösel, Kempten
Printed in Germany · ISBN 3-423-07907-x